詩人まど・みちお100歳の言葉

どんな小さなものでも
みつめていると
宇宙につながっている

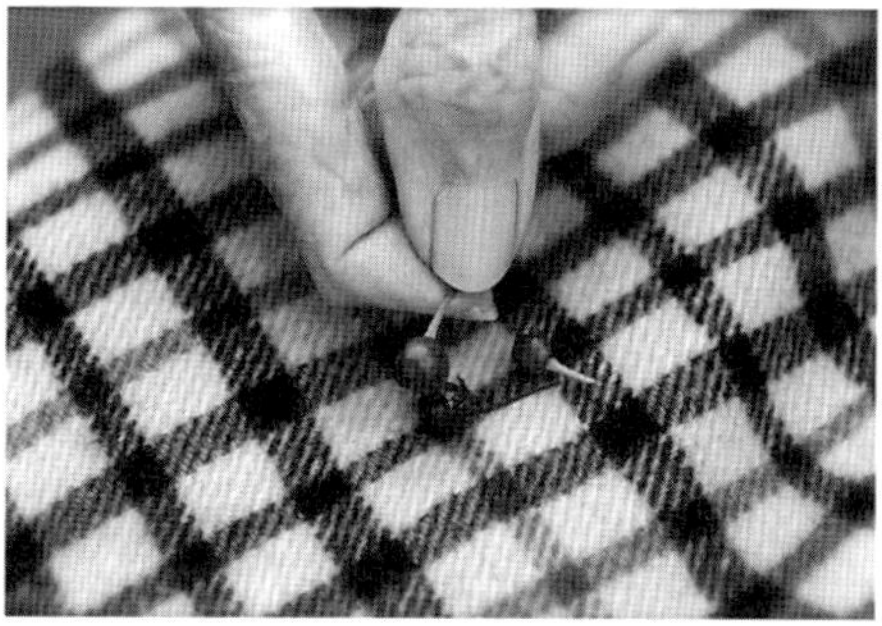

新潮社

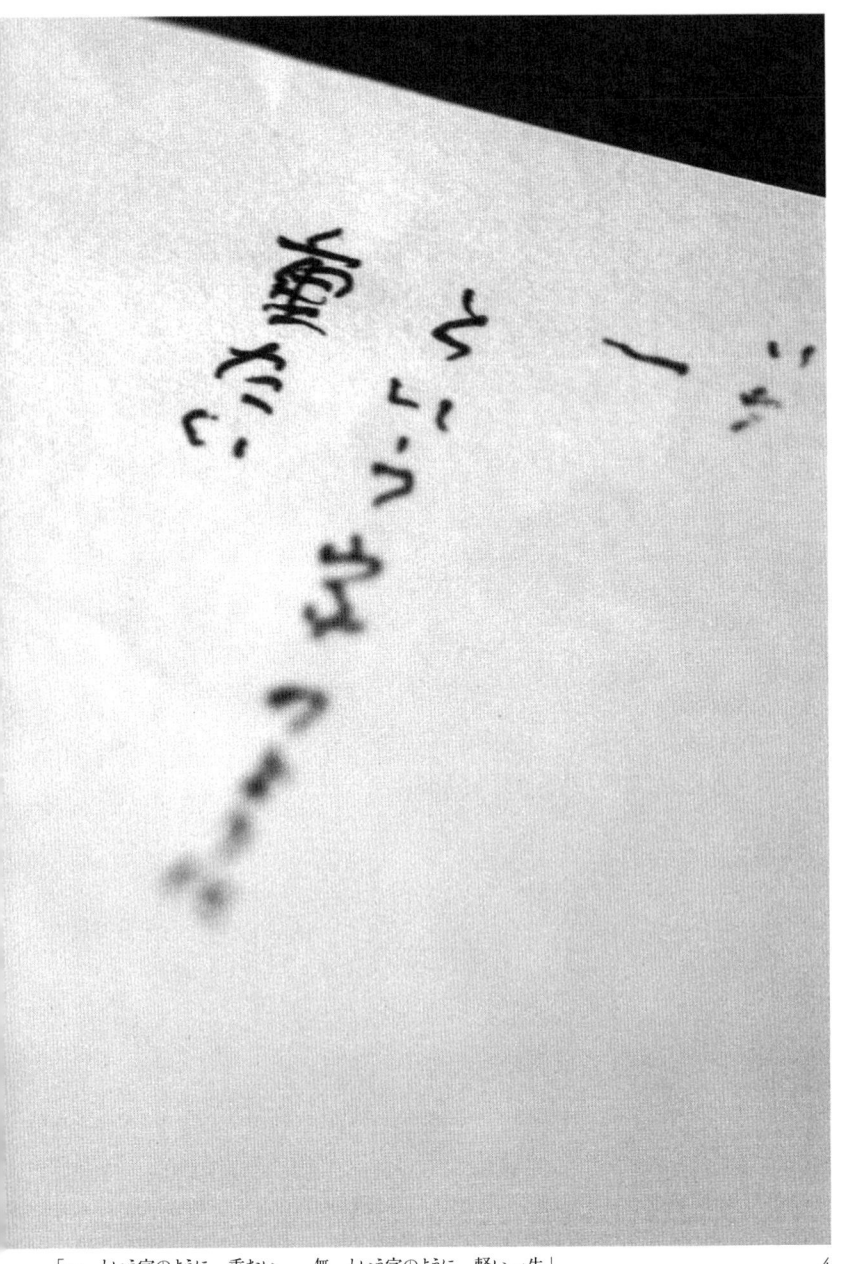

「一　という字のように　重たい　　無　という字のように　軽い一生」

5　小さな紙片に書かれた言葉。（未発表）

目次

私にとってのふるさとは、
はるかな地球の中心の方、
引力の方向なんです。

ふしぎ　33

ほかの人にとっての常識が、
私にとっては、
はっとするような発見なのです。

子ども　47

子どもが一生懸命考えて
「ああ、これだ！」と分かるような
難解さがあることが、
本当に「やさしい」ことだと思うのです。

この世のあらゆるものが、
それぞれの形、性質を持ち、
関係を結んでいくことは、なんて尊いのだろう。
はるかなところの、ほんの一粒の、
自分の姿が見えるようです。

絵／まど・みちお
写真／木原千佳

11　「子どもの頃、こんなふうに蜜をすったものです」とツツジの花を口にふくむ。

まど・みちお――。童謡「ぞうさん」で知られる詩人である。

それだけではない。

〈ポケットを　たたくと　ビスケットは　ふたつ　もひとつ　たたくと

ビスケットは　みっつ…〉の「ふしぎなポケット」や、

〈しろやぎさんから　おてがみ　ついた　くろやぎさんたら　よまずに

たべた…〉の「やぎさん　ゆうびん」、

〈ともだち　ひゃくにん　できるかな…〉の「一ねんせいに　なったら」や、

「ドロップスのうた」「びわ」など、だれもが口ずさみ耳にしたことのある

これらの歌の詩はみな、まど・みちおが書いたものである。

童謡だけではなく、数多くの詩や絵をかきつづけ、

一〇〇歳を越えてなお現役であるこの詩人を、

ひとは、親しみと敬意をこめて「まどさん」と呼ぶ。

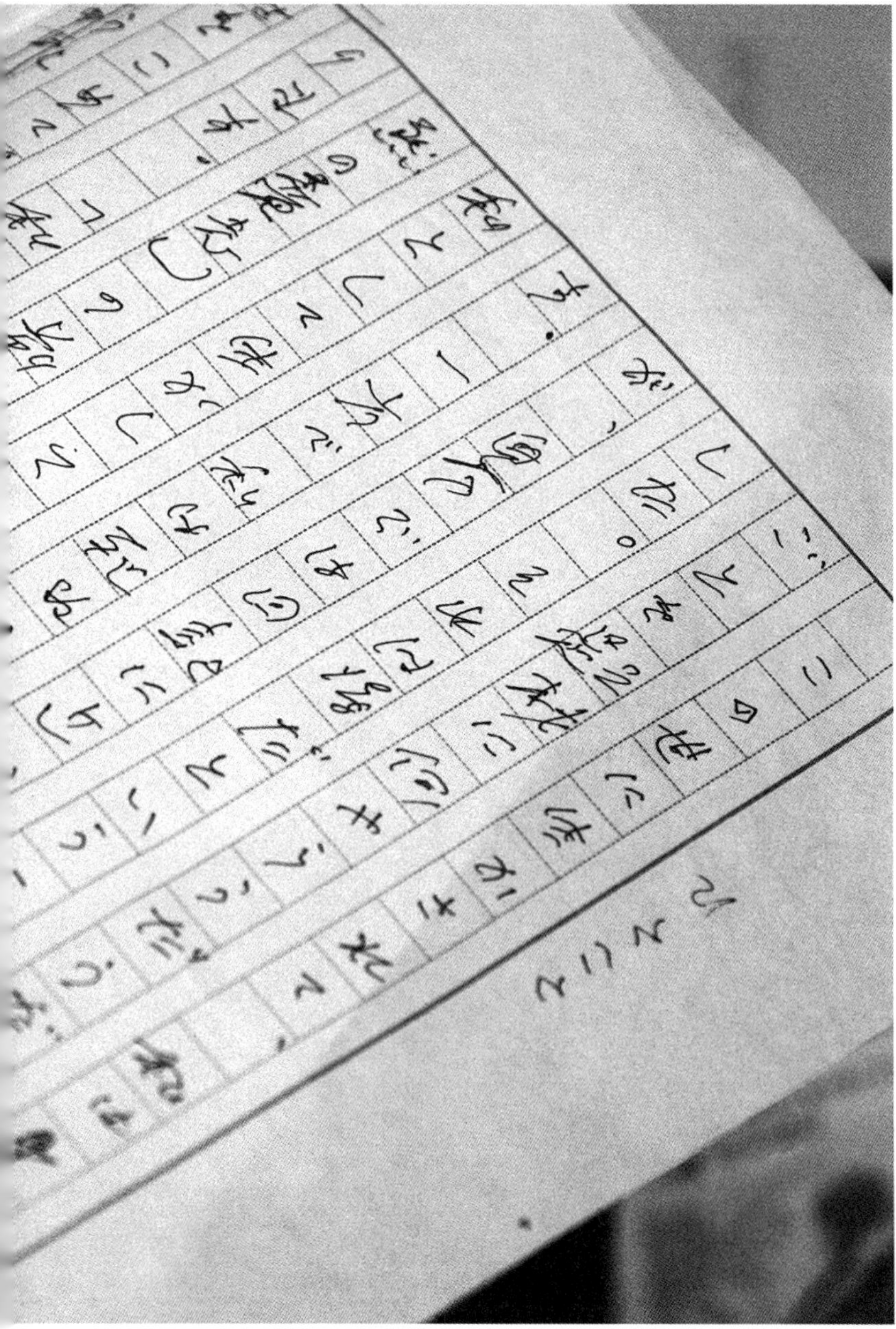

みなもと

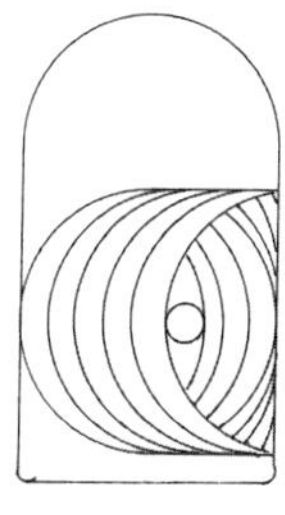

祖父と暮らした六歳から九歳のころの記憶は、
私の作品すべてに影響しています。
いつも寂しかったけれど、いま考えるとそれが良かったですね。
シーンとした田んぼに独り。空にはヒバリが鳴いている。
寂しさを感じている状態が、
詩を書きたくなる状態と似ているのです。

いちばん記憶に残るのは匂《にお》いです。
たまにかくれんぼなんかして、ものかげに隠れると
なんともいえない不思議な匂いがしてね。
いま考えると、ドクダミの匂いなんです。
ドクダミの匂いは、嫌いでしょう?
でも私は親しみを感じます。
嫌だと感じるものには、何かあるものです。
すべてマイナスというものはありません。

引っ込み思案な子どもでした。
アリや花のおしべなどの小さいものを
じっとみつめることが好きでした。
小さいと、ひと目で全体が見えるから、
そこに宇宙を感じていたのです。

どんな小さなものでも
みつめていると、
宇宙につながっている。

電信柱の列がだんだん小さくなっていくような
光景に出会うと、
いまでも涙が出そうになる…。

夕焼けの地平線へ向けて
電信柱が遠近法で小さくなっていくのを見るだけで
涙がこぼれそうになるのは、私だけではないと思います。
そのように、私が遠近法に詩を感じるのは事実で、
それは私の深いところにつながっていると思います。
しかし同様に、私の深いところにつながっていながら、
まだ私が気づかない私の詩のみなもとは山ほどあると思います。
幼い日の私の五感のさまざまな経験の中に。

ぼくはあまり本も読まずにすごしてきました。
でも、本でないもの、
まわりにあるいろいろなものが本みたいでした。
たとえばこのコップは、私にとっての本です。
この本を読んでくれ、という声が聞こえる。
詩は私の読後感を書いたもの…。

生まれたところだけがふるさとではなく、
死んでいくところもふるさと。
宇宙をふるさとにすれば、
一緒のところになります。

私にとってのふるさとは、はるかな地球の中心の方、
引力の方向なんですね。
空の雲も、アイスクリームも、人間の作った建物も、樹も、
みんなと一緒になって地球の中心をさし、
ありえないことですが、
それを突き抜けて太陽の中心、
おおげさなことになるが、
銀河宇宙の中心を、通り抜けていく感じがするんです。

わたしたちを宇宙から動かすことはできない。
だからわたしは、おおげさなようで恥ずかしいんだけれども、
「宇宙人」というのがいちばん真実だと思うんです。
「日本人」というよりも「地球人」、
「地球人」というよりも「宇宙人」のほうがより真実…、
わたしはそう思っています。

私は私という人間ですけど、
こういう人間になってここにいようと思って
ここにいるわけではないんです。
私だけでなくてあらゆる生き物がそうなんです。
気がついたら、そういう生き物としてそこにいる。
ということは、やっぱり
生かされてるっちゅうことじゃないでしょうか。
人間を超えた、ある大きな力――、
「宇宙の意思」のようなものを感じずにはおれない。
それは「自然の法則」といってもいいかもしれません。

29　ドクダミの花をみつめる。

31　自宅の庭に咲く愛らしい花、ヒメヒオウギ。

水面にあらわれては消える水紋にも驚きを感じる。

ふしぎ

一日として同じだと思う景色はないんです。
必ず何か新発見みたいなものがある。
小さいことでもね。
ほんとに驚くばっかりです。

ほかの人にとっての常識が、
私にとっては、
はっとするような発見なのです。

私の目の上にはいぼがあります。
そのせいで、二重に物が見えたり、かすんで見えたりします。
このいぼのおかげで、
私の世界の見え方にはバリエーションが増えている。
楽しくて、うれしくてしょうがないことです。

なんでも、どんなことでも、
興味を持たずにはいられません。
そうやって、驚いたり、うれしくなったり、
がっかりしたり、ほおうっと感心したり。
何かを見た瞬間に、私の中でいろんなことがおこります。
そうして、詩も絵も生まれてきます。

私たち人間がこうして毎日生きているのが
私にはなんとも不思議なことに思えます。
私たちといっしょに私たちの兄弟として、
数かぎりない動物と植物が生きているのも、
ほんとに不思議です。
いいえ生き物だけではありません。
山も海も石ころも太陽も星も、
それから雨も風も一日も四季も、
私たちの目で見、耳で聞き、心で考える自然の物事が
すべてそう思えるのです。

もう少し深く物にこだわってみたい。
たとえば、これは本当にコップかっていうと、
そうではないと思うんです。
人間が生活を便利にするためにコップを作ったわけだけど、
元になっているケイ素や炭素は人間が作ったわけではない。

私は人間の大人ですが、
この途方もない宇宙の前では、
何も知らない小さな子どもです。
そして子どもに遠慮はいりませんから、
私は私に不思議でならない物事にはなんにでも
無鉄砲にとびついていって、
そこで気がすむまで不思議がるのです。

何かに対してハッとしたら、自分で考え続けます。
これは何だろう、どうしてこのようなものがあるんだろう、
どうしてこうなんだろう、と。
一生懸命に考えるんですね。
追求せずにはいられない。
そこから詩が生まれるんです。

小さければ小さいほど、それは大きなモノになる。
そして、その小さなモノを見た時に、胸をつかれたように驚いて。
…なんでもないものの中に、
こんなに素晴らしい内容があったのかと、
そんな驚きを感じることが、詩を書く心、絵を描く心です。
私たちがアートと言い慣らしているものの全ては、
そうした感情につき動かされて生み出されたものだと思うのです。

45　机の上に置かれた箱の中には、散歩のときにふと拾ったものなどが…。

子ども

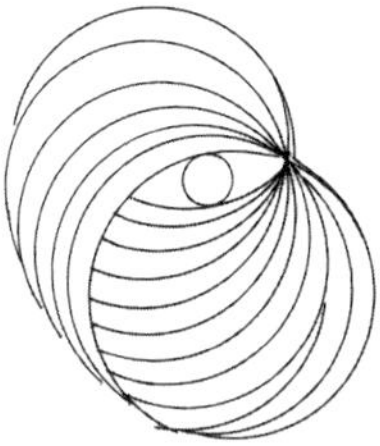

これは前からわかっていたことなんですが、
子どもはほんとに言葉の天才です。
むろん知っている語彙は少ないのですが、
その少ない言葉を自由自在に、
しかも的確に操るのです。うれしくてたまらないように。
ちょうど自転車に初めて乗れた子が自転車に夢中なようにです。

子どもって天才だなあっと驚かずにおれません。
人間の子どもだけでなくて、
うさぎの子どもでも、へびの子どもでも、
どんなものでも、子どもというのは…。

詩は、それが子ども向けであっても、
子どもを意識して作ると迎合してよい作品はできません。
子どもを喜ばせようと懸命になっても、よいものはできません。
やさしく書けば退屈します。
やさしい中にカチッと歯が立つものがないと——。
それを子どもが自力でかみ砕いていく。

小さい子を喜ばそうとして
お子さまランチの旗を使うようなことをすれば、
子どもにこびることになります。
子どもだって人間。同じ「人間」の部分で仕事をすれば、
相手の心に響かないはずはありません。
子どもが一生懸命考えて「ああ、これだ！」と分かるような
難解さがあることが、本当に「やさしい」ことだと思うのです。

私は、私の中の子どもの視線である、
いわば「子ども語」を使って、
子どもも大人も読める詩を書こうと思ってきました。
ですから、詩を通して、
私が子どもに何かを教えるということはありません。
私が書いてきたことは、
みんながもう知っていることばかりです。

子どもたちを見ると、
自分の身代わりのように感じ、
いとおしさとともに、
しっかりやってほしいという気持ちがわいてきます。
みなさんは、日本の子どもである前に、
地球の、さらに、宇宙の子どもです。

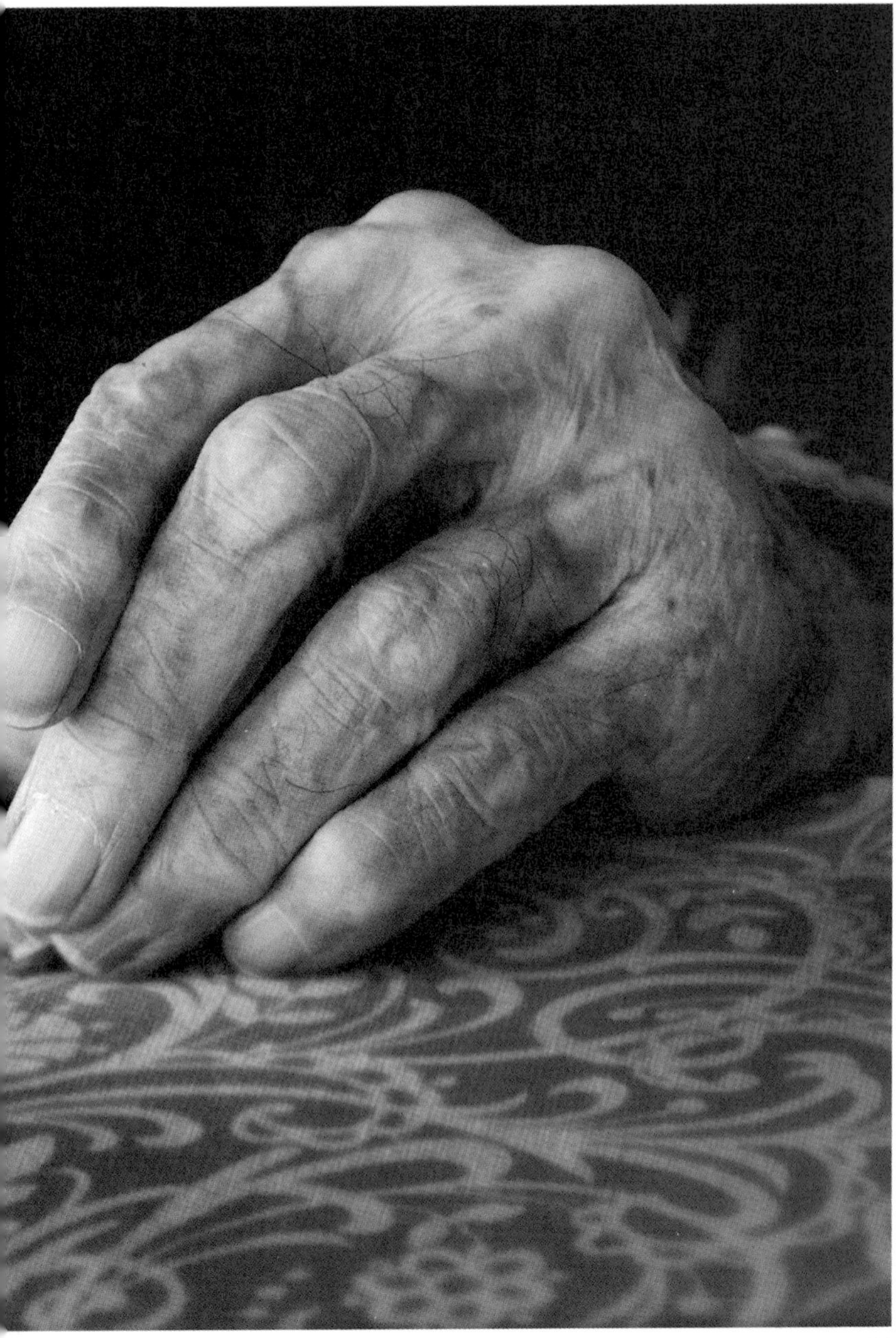

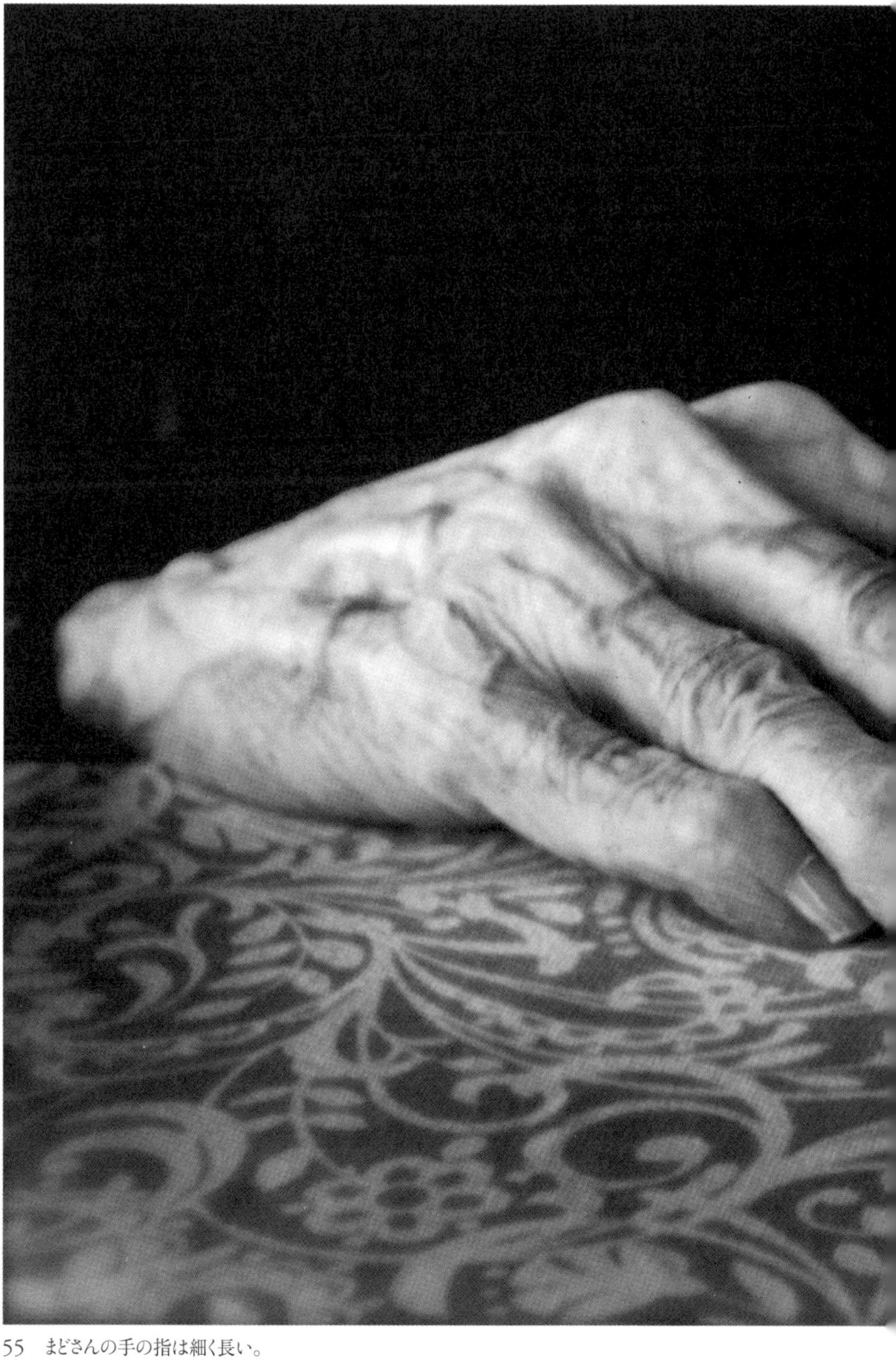

55　まどさんの手の指は細く長い。

植物が大好き。自宅の部屋には植物に関係する本だけの棚がある。

書く

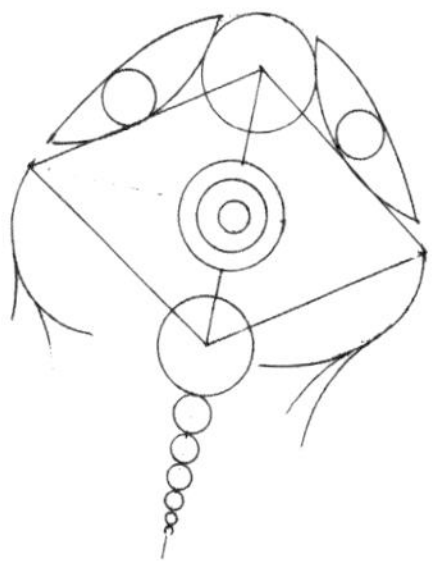

自分の中の「みんな」が何かをいいたい時に「童謡」になる。
「詩」の場合は「自分自身」——この世にたった独りのかけがえのない自分自身がものをいう感じです。
だれに向かっていうかといえば、
自分を自分にしてくださっているものに向かって。

（変わった色合いに紅葉した落葉を手にして）

そうかあ、この葉っぱには、

こうなる理由があったんだな…。

——その理由をみつけたくて

書くのが、

「詩」なんです。

非常に小さなノミの涙みたいなものを描いておりながら、
ふとそれがものすごく膨大なものに感じられ、
小さいからこそ大きいのだ、と考えさせられる。
そのような作品に出会うと、
これこそが詩だ、と思うのです。

私の詩に、「ぼくが　ここに」というのがあるんですけれど、
僕がここにいると、ほかのものは何もここにいることができない、
という詩で、これは要するに、
それほど大事に僕が守られているということなんです。
それは、自然の法則でそうなっているんですね。
ところが人間は、ほかの存在を脅かすことばかりやっていますよね。
年寄りになると、なおさらそのことが強く感じられて、
書かずにいられなかったんです。
ほんとは「リンゴ」の詩と同じことなので、
書く必要はなかったんですけれど、いわずにいられなかった。

リンゴ

リンゴを　ひとつ
ここに　おくと

リンゴの
この　大きさは
この　リンゴだけで
いっぱいだ

リンゴが　ひとつ
ここに　ある
ほかには
なんにも　ない

ああ　ここで
あることと
ないことが
まぶしいように
ぴったりだ

ぼくが　ここに

ぼくが　ここに　いるとき
ほかの　どんなものも
ぼくに　かさなって
ここに　いることは　できない

もしも　ゾウが　ここに　いるならば
そのゾウだけ
マメが　いるならば
その一つぶの　マメだけ

しか　ここに　いることは　できない

ああ　このちきゅうの　うえでは
こんなに　だいじに
まもられているのだ
どんなものが　どんなところに
いるときにも

その「いること」こそが
なににも　まして
すばらしいこと　として

なんか「はっ」としたときに、
なんでもいいんだけれど、花でもなんでもいいんだけれど、
それを見て「はっ」とすることがあるんです。
それをその場でとか、あとになって
「あの『はっ』としたのは、どういうことなんだろう」と
追求する作業が詩作みたいです。
そして、追求していくとね、思いもよらない世界があらわれて、
「ここに自分が感動したんだ」ということに出会うわけで、
その時、私はペンを置くことになります。

私の書くものなどは、
たかが知れてることは自覚しとります。
ですが、同じことを二度言うなよ、人のマネをするなよ、と。
そのことは絶対に忘れないよう、
よく自分に言い聞かせています。

意識的に宇宙的にしたり、飾ってきれいにしたり、
不純なところが出てくるといけない。
ある時ふいと私のいやらしさが出るのが
嫌でしょうがありません。

人間はモノを一方的に作って、
めちゃくちゃに使っている。
だからモノに対して私は負い目を感じ、
いくらでも詩が書けるんです。

言葉の響きを大切にしたい。
言葉は、意味だけでなく響きも人間の大きな財産なんです。
しかも意味より、響きとの付き合いの方が長い。
耳を持って以来ですからね。

言葉自身が遊びたがっているところが
あるように思えるんです。
それに乗っかって書くと、すごくいい言葉が生まれる。

だれに向かって書いているかと問われたら、
それは、私を私として生かしてくれている何かに対してです。
その「宇宙の意思」のようなものに対して、
お礼をこめて自分の痕跡を残したい。
私の詩は、「今日はこのように生きました」っちゅう
自然や宇宙にあてた報告なんだと思います。

（戦地でのことを聞かれて）

…なぜか書かずにいられなかったですね。
マニラでは、ブーゲンビリアの花がひっきりなしに咲いている道を、
馬車がポコポコと音を立てて進む。
それが、とてもいい感じだったので、
童謡にしてハガキで家族に送りました。
あるいは、マリベレス山の夕日があまりにきれいだったので、
私は思わず手旗信号で、山に向かって語りかけた。

あらゆるものは、
自然の力や神の意思で生かされていることを感じながら、
これからも詩を書いていきます。

（詩作で最も大切なことは？　と聞かれて）

あきらめないことです。
あきらめたらおしまい。

台湾は9歳から暮らしたもう一つの故郷。病院の廊下にあるこの葉っぱに、時折そっと手をふれる。

79　ゴムの木。まどさんは「地図で見ますと台湾は、／ゴムのはっぱに似てますね。」と童謡に書いている。

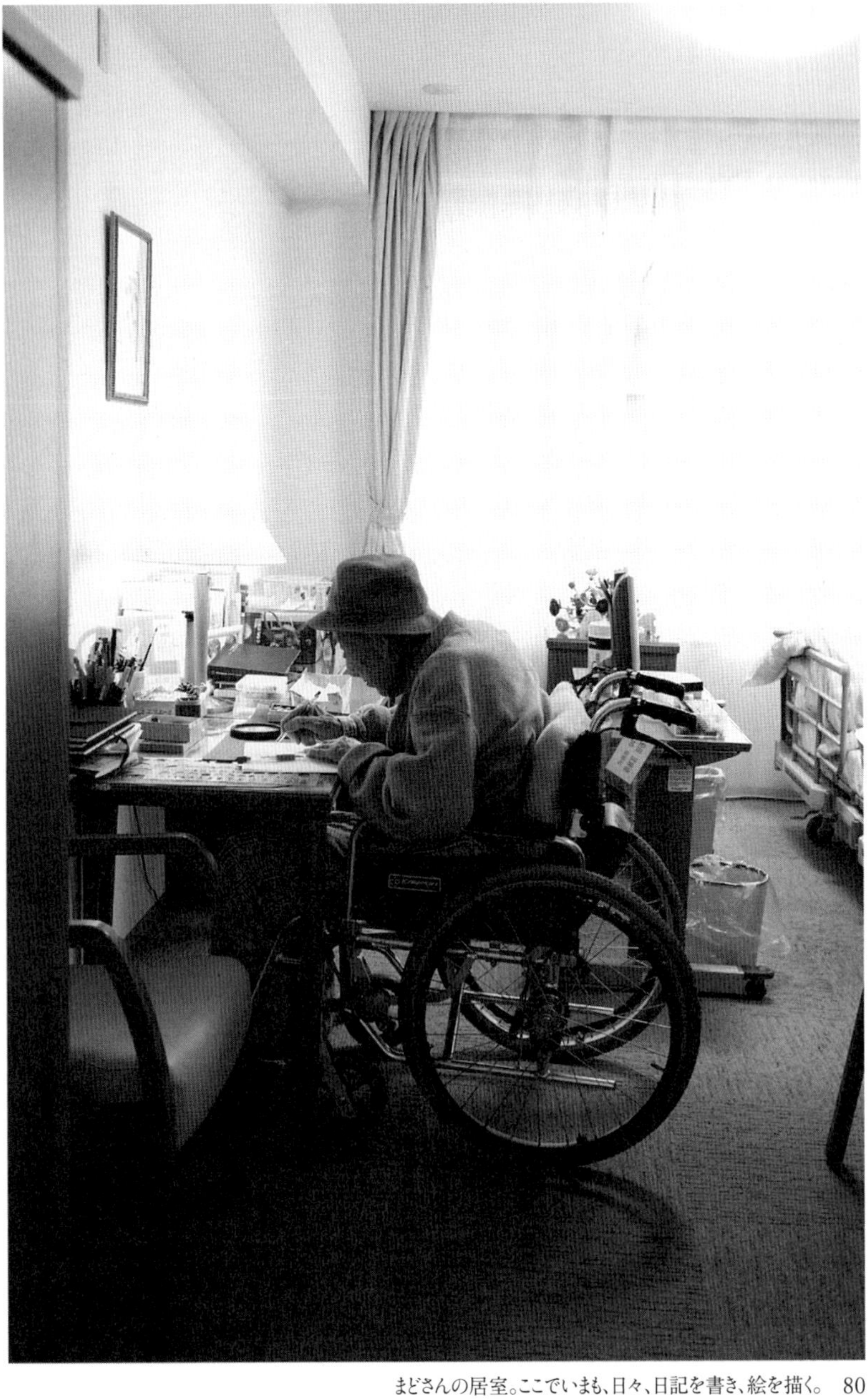

まどさんの居室。ここでいまも、日々、日記を書き、絵を描く。

年老いて…

ホッチキスを、爪切りと間違えた。
実話なんです。
年を取るというのはねえ、年寄り夫婦にとっては、
ほんとに寂しい、寂しいものでね。
だけど、奇想天外にぼけるもんだから、楽しんでおるんですね。
ぼけたことをするのは、常識を超えた非常識。
常識をひっくり返したりする詩と似ているんです。

とんちんかんなことをするのは、
確かにさみしいマイナスなことです。
でも、それを笑うことによってマイナスをプラスにできる。
こじつけですけど、詩の喜びと似たところがありますよね。

私が年をとって、やがて死んでいくということは、
自分の力ではどうなるものでもありません。
人間に限らず、すべての命は必ず始まりがあって終わりがあるわけでね。
無生物だって、やはり永遠ではなくて、変化していきます。
すべて無限ではなくて有限なんです。
ですから、そのことを悲しんだりはしません。
これは仕方のないことだと思い、
生かしていただいているいまをありがたく思っています。
この年になると、天の思いというか、宇宙の意思というか、
そういうものに生かしていただいている、というのが実感されるんです。

涙っちゅうのは、感極まったときの最終的な受け主なんです。
その涙が、最近では、なんというか、大売り出しみたいに出て来る。
戦争やら災害やら事件やら、ニュースを見ていても
悲しい話ばかりですからね。
ただ、それでも我々は「もうダメだ」と思わないで、
微力ながら、なんとか、ちゃんと生きていこうとしますね。
そう考えると、やっぱり人間は捨てたもんじゃない。

イネ科の穂のあるようなのが好きです。見ていて飽きないんです。
園芸植物は、野生の植物を人間が自分の好みに合わせて
作ったものですから、
植物にとっては、かわいそうなことだし、堕落でもあるんです。
それに比べて、どこにでも見られる、葉っぱのとがったイネ科の草は、
人にこびたところが全然なくて、自分勝手に生きてるでしょ。
飾りみたいな、きれいに見えるようなものは何もないんです。
なんともいえない、いい感じですね。

私に親切にしてくれた人も懐かしいし、意地悪をした人も懐かしい。
いい人も悪い人も、この年になると、ぜーんぶ懐かしいんですね。
それから、人類としての懐かしさもあると思うんですよ。
過去に見たわけではないのに、
なぜか不思議と懐かしい気持ちになる風景というのがありますね。
あれは、遠い祖先の見たもの感じたものが私たちの中に残っていて、
懐かしさを湧き起こさせるんじゃないかと思っとるんです。

考えてみれば、人が生きていることもマンネリですね。
「だがしかし」と、わたしは続けます、そこを赤ペンで。
「おれはそれに甘えていいのかな?」と、
クエスチョンマークをつける。
そうだ!
マンネリであっても、
マンネリの中にマンネリでないものを見つけ出すのが、
おれが生きているという証拠になるなと、そう思います。

年取った人にも、その人なりの発見が必ずある。

口にするのはお恥ずかしいことですが、
習慣的に「夕べの祈り」は続けています。
ただ、祈っているのは
「自分を超えた大きな力」に向かってです。

私がいう「かみさま」は、
「宇宙の意思」みたいなもの。

人間は、赤ん坊に生まれて年取って、もうろくして死ぬが、
一生のうち、どの部分をとっても、全部が貴重なんですよ。
「いま」がその、いちばん最後の時期。
最後には最後のね、それまでになかった魅力がありましてね。
いま、私は、お年寄りらしい最後の仕事をしているんですよ。

これからも、なんか新しいことができるんじゃないかと、
いつも必ずそれを思っています。
自分の世界は、空間的にも時間的にもごくささやかだけれども、
生かしていただいている限り、
その中には必ず何か新しいものがあるはずだ
という考えを持ち続けております。

ビッグバン以来、
宇宙はどんどん広がっているわけですが、
宇宙のはじまりのときには、まだ生きものはいなくて、
物質だけだったんです。そう思うとね、
「物」というのは、私たち生きものの親のようなものだ
といっていいのではないかと思うわけです。
――「生命」というのは「物」より生まれて、
そしてやがてまた「物」へと還っていくんです。
私自身も、あなたも…。

死というのは、ほんとに大きな存在ですね。
私なんかは口にする値打ちもないくらい。
はかり知れないほど大きな恵みですね。

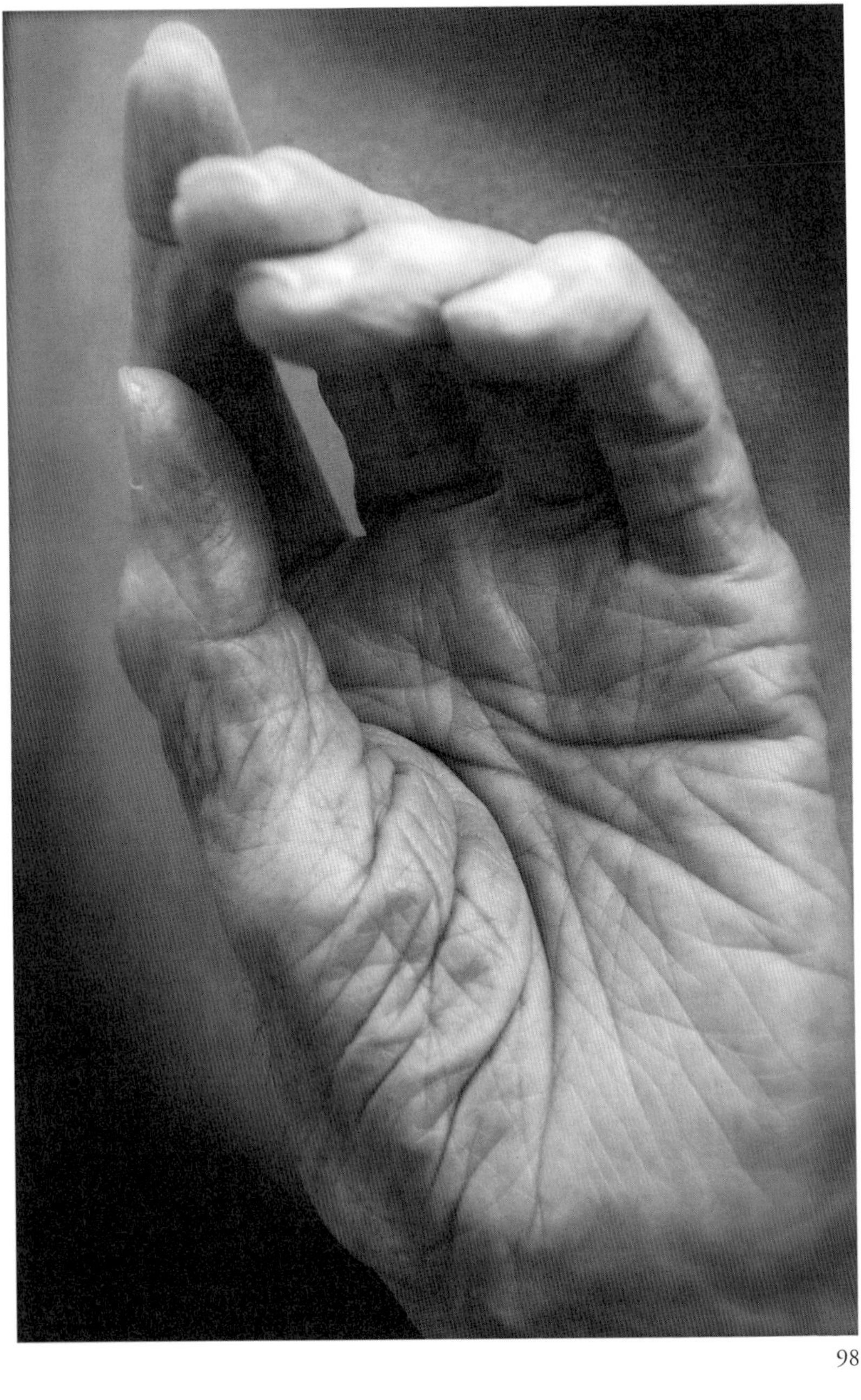

無限

宇宙は人間に、
自分の力で生きているように思わせてくれる。
それにいい気になっているのが
人間のいけないところでしょうね。

こんなにありとあらゆる物が、
ありとあらゆる所で、
ありとあらゆる事をしながら、
その全体がこんなに美しいバランスを
もった宇宙に作られているのは、
なんと素晴らしいことだろうと
思わずにはいられません。

小さいほど大きくて、
大きいほどちっぽけである。

小さいものほど
大きな理由がある。

この世のものは
そこにいるだけ、あるだけで
尊いものなんです。

この世は、人間だけのものじゃない。
人間は、たくさんのものの一つにしかすぎないんであって、
人間だけが幸せなんてありえない。
もっと謙虚でいていいんじゃないでしょうか。

地面を見れば、アリが小さな体で集団生活をしている。
すると、一つの命は、人間のものでも、小さな生物のものでも
ほかと関係して生きているということに気がつく。
この世のあらゆるものが、それぞれの形、性質を持ち、
関係を結んでいくことは、なんて尊いのだろう。
はるかなところの、ほんの一粒の、自分の姿が見えるようです。

かすかなスケールで生きている蚊と、
どうしようもないほどのスケールで生きている人間が、
隣り合って生きている不思議。
蚊がどんな思いでいるのかが見えたら、
おそらく人間はその前でひれ伏すのではないでしょうか。

「人権」は大事ですが、
人間以上に動植物の方がひどい目にあっている。
なぜ「生命権」と言わないのか、不思議に思うのです。
でも、「私のこの考えはどうですか」と地球に聞けば、
地球は「生物だけを尊重するのはダメ。
すべてのものの存在に目を向けなければ」と言うでしょう。

私たちが「無限」という概念をもつことができるのを
なによりも素晴らしいことだと思っているんです。
たとえば科学が宇宙の大きさをどれほどだと解明したとしても、
私たちが「無限」の概念をもつことができる限りは、
それ以上に無限なのだと、
文字通り無限なのだと、信じたいのです。
大きい方へも小さい方へもです。

地球っていうものは、宇宙の星の中の
とるにたりない、それこそ蚊の涙のような小さな存在でございますから。
そこで何が起こってどうしたってことは、
まるっきりどうってこともないようなものでありますけれども、
しかしだからこそ、
お～きい世界の中で起こった重いことであるとも思います。

いま、私は部屋の中から空を眺めています。
空が窓に切り取られているので、
雲が少しずつ動いていると分かります。
けれど、野原では、
じっと目を凝らさないと雲の動きははっきり分かりません。
空の見え方がぜんぜん違う。
広い宇宙で、空はどんなふうに見えるのでしょうね。

（愛と恋の違いは？　と高校生に聞かれて）

「恋」というのは、ふつうは人間同士の間で
言われることが多いものですが、
「愛」というのはね、
これは森羅万象いっさいについてのものです。

（「幸せ」ってなんですか？　と高校生に聞かれて）

自分が生きている現在――
その現在を肯定的に見ることができる人は幸せだと思います。
それにね、人間だけが生きているわけじゃないんですからね。
すべての生き物が生きているんですから。
それらの生命ぜんぶに感謝しながら…というふうに暮らしていくのが、
自分も幸せ、
ほかのものも幸せということになるんじゃないかと思います。

なが〜い長いすえに、
やっとここまで来たようでもあるし、
つい昨日今日来たようでもある。
その両方をもっているのがほんとうの感じです。

（行きたいところがありますか？　と聞かれて）

宇宙です。

行けたらうれしいですねえ…。

117　自宅の庭には、まどさんが愛する花や樹がたくさん植わっている。

まどさんのこと

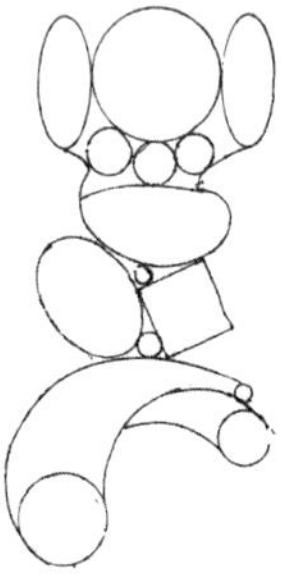

ある朝、祖父とふたりだけの生活が始まった。

本名は石田道雄。一九〇九年十一月十六日、山口県の徳山市（現・周南市）に生まれた。五歳のある朝のこと。目がさめると、机の上に饅頭が置いてあり、母や兄妹の姿がなかった。母は、幼いまどさんに告げることができないまま、いったん兄と妹だけを連れて、新たな職を求めて先に台湾に渡っていた父の元へ行ってしまったのだ。幼いまどさんはその後、台湾の家族の元に移る九歳までの日々を、夕日が美しい、この瀬戸内の町で、祖父とふたりだけで暮らした。はるかなまなざしを持つ詩人まど・みちおの感性は、この幼い日々につちかわれた。

投稿がきっかけとなり、北原白秋にみいだされる。

台北工業学校土木科に通っていた頃、通学列車の中で知り合った仲間と同人誌を始める。二〇歳から台湾で土木技師として働きながら詩作を続け、一九三四年に、まど・みちおのペンネームで雑誌「コドモノクニ」に投稿した作品が、選者の北原白秋の目にとまり特選となった。その二年後、「ふたあつ」という詩が、本人の知らぬまに作曲され、童謡として内地（日本国内）でヒット。

まど・みちおのペンネームは「窓」からの連想で、窓をあければ世界が広がるというところから思いついたのだけれど、やがてそれが通俗的に思えて変えようとしたところ、白秋に「変えることはない」と言われ、そのままにしたというエピソードがある。一九三七年から投稿仲間と同人誌「昆虫列車」を創刊。この同人誌は十九号で廃刊となったが、まどさんにとっては大きな存在だった。その後もさまざまな雑誌に投稿や寄稿をしながら、書きつづける。

結婚。そして戦地へ――。

一九三九年に永山寿美と見合い結婚。翌年長男・京《たかし》が誕生。詩作にも励み精力的に投稿していたが、太平洋戦争が勃発。一九四三年に召集され、兵隊として南方戦線におくられる。戦地でも密かに短歌や日誌、植物記などを書き続ける。戦地で病気になり野戦病院に入院。退院後、レイテ島への出発が決まったが、戦況悪化のために中止。シンガポールで敗戦を知った。

三年間書きためた日誌や植物記を命令によって自らの手で焼却させられるが、捕虜収容所で日誌がわりに書いた短歌七百首ほどだけは、日本への帰国の際に密かに持ち帰った。

童謡「ぞうさん」の誕生！

神奈川県川崎市に妻子とともに居を構え、工場の守衛などをしながら詩作を再開。次男・修が誕生。

一九四八年より婦人画報社を経て国民図書刊行会（現チャイルド本社）に勤務し、「チャイルドブック」などの編集にたずさわる。これらの仕事で、武者小路実篤や土門拳、小川未明などとも出会う。

在職中も詩作を続け、一九五一年に書いた「ぞうさん」が、翌年、團伊玖磨の曲でラジオ放送され、ヒットする。

一九五九年に退社し、詩・童謡の創作に専念するようになる。

人知れず、抽象画を描きつづける。

「ぞうさん」を書いてから十年後、五一歳の春から五五歳にかけて、絵画の制作に没頭。その絵は主に抽象画であり、まさに「画家　まど・みちお」と言っても過言ではない世界を、ひとり黙々と描き続けていた。

五八歳で初めての詩集を出版。

一九六八年にはじめての詩集『てんぷらぴりぴり』（大日本図書）を刊行。童謡集出版の依頼だったが、まどさんの希望で詩集となった。このとき、「それまで書きためていた詩が使いものにならないことに気づき」、急遽、半数を新しく創作したという。この詩集で野間児童文芸賞を受賞。以降、童謡よりも詩の創作が中心となる。

全詩集刊行。皇后美智子選・訳の本が日米同時刊行。

一九七三年に第二詩集『まめつぶうた』(理論社)を刊行。以降、次々に詩集が刊行され、数々の賞をうける。

一九九二年に、それまでの全詩作品を集めた『まど・みちお全詩集』(理論社)を刊行。同年、皇后美智子選・訳の『THE ANIMALS(どうぶつたち)』(すえもりブックス)日米同時刊行。

日本人初の国際アンデルセン賞作家賞を受賞。

一九九四年に、日本人初の国際アンデルセン賞作家賞を受賞。この年、大江健三郎がノーベル文学賞を授与されているが、アンデルセン賞もまた、児童文学界のノーベル賞に匹敵する賞である。

初めての画集を出版する。

その後も、つぎつぎに詩集や詩の絵本などの刊行が続く。

二〇〇三年に、五十代前半に描いていた抽象画をまとめた画集『まど・みちお画集 とおいところ』（新潮社）を刊行。展覧会も開催され、画家としてのまど・みちおにも注目が集まる。

一〇〇歳にして、いまもなお。そして再び。

二〇〇九年春、一〇〇歳を前にして、自宅近くの介護付きの病院に入院する。七歳違いの寿美夫人や息子家族の訪問の合間にひとり静かな時間を過ごす中で、再び絵を描きはじめる。日記は欠かすことなく、一〇〇歳にして新たな詩集も刊行。

二〇一〇年初頭に放映されたＮＨＫスペシャル「ふしぎがり　まど・みちお　百歳の詩」は多くの人に深い感銘を与えた。

初出

（本書の言葉は、新聞／雑誌／その他のインタビューなどから抜き出しました。
初出資料は、各章ごとに、発言および掲載の時期順に並べてあります。
本書に収録するにあたり、まど・みちお氏の了解のもとに、
一部、中略や漢字平仮名表記の変更などの加筆をしています。）

みなもと

・「児童文芸」1982年秋季臨時増刊　ぎょうせい
阪田寛夫との対談にて／p23
・「季刊どうよう」第31号　1992年10月
チャイルド本社（記／阪田寛夫）／p26
・神奈川新聞　1994年3月30日／p21
・讀賣新聞　1996年7月22日 夕刊
子どものインタビューに答えて／p18　p19
（ただしp19の4行目までは、
讀賣新聞　1998年8月29日 夕刊）
・朝日新聞　1999年3月15日 夕刊／p22
・山口県県外広報誌「私の地球」夏の号
1999年7月　山口県広報課／p27
・朝日新聞　1999年9月16日 夕刊／p25
・朝日小学生新聞　2000年4月28日（前3行）＋
神奈川新聞　1998年10月28日（後3行）／p24
・讀賣新聞　2001年12月9日
子どものインタビューに答えて／p20
・本書編集者の取材ノートより
2009年11月17日／p28

ふしぎ

・『まど・みちお少年詩集　まめつぶうた』
1973年　理論社／p38　p40
・朝日新聞　1996年2月11日／p39
・京都新聞　1998年6月1日／p35
・「アエラ」2004年8月2日号　朝日新聞社／p34
・「ゆうゆう」2006年4月号　主婦の友社／p41
・「ミセス」2010年5月号　文化出版局／p36　p37
・「週刊現代」2010年6月12日号　講談社／p42

年老いて…

・「ミセス」1996年6月号　文化出版局／p86
・讀賣新聞　1998年8月29日 夕刊／
p83　p90　p95
・中國新聞　2002年2月14日／p82　p92
・「ゆうゆう」2006年4月号　主婦の友社／
p84　p85　p87
・本書編集者の取材ノートより
2009年10月25日／p94
・朝日新聞　2009年11月16日／p91　p93
・産経新聞　2009年11月17日／p89
・「家の光」2010年9月号　家の光協会／p88

無限

・『まど・みちお少年詩集　まめつぶうた』
1973年　理論社／p101
・「日本児童文学」1993年6月号
日本児童文学者協会／p109
・京都新聞　1998年6月1日／p100
・朝日新聞　1999年1月1日／p108
・朝日新聞　1999年9月16日 夕刊／p107
・中國新聞　2002年1月1日／p105
・故郷徳山の高校生の訪問インタビューに答えて
2009年8月20日／p112　p113
・本書編集者の取材ノートより
2010年5月10日／p103
・「ミセス」2010年5月号　文化出版局／
p106　p111
・「週刊現代」2010年6月12日号　講談社／p104
・「家の光」2010年9月号　家の光協会／
p102　p110　p114　p115

子ども

・「小一教育技術」1994年6月号　小学館／p50
・「ミセス」1996年6月号　文化出版局／p48
・讀賣新聞　1996年7月22日 夕刊
子どものインタビューに答えて／p51
・讀賣新聞　2001年12月9日
子どものインタビューに答えて／p53
・「ミセス」2010年5月号　文化出版局／p49　p52

書く

・「児童文芸」1982年秋季臨時増刊　ぎょうせい
阪田寛夫との対談にて／p58
・神奈川新聞　1994年3月30日／p68
・「ミセス」1996年6月号　文化出版局／p61
・毎日新聞　1996年12月24日／p70　p75
・朝日新聞　1999年1月1日／p69
・「小一教育技術」2000年6月号　小学館／p66
・本書編集者の取材ノートより
2001年10月20日／p59
・讀賣新聞　2001年12月9日
子どものインタビューに答えて／p74
・中國新聞　2002年2月15日／p71
・「ゆうゆう」2006年4月号　主婦の友社／p67　p73
・本書編集者の取材ノートより
2009年10月25日／p72
・「週刊現代」2010年6月12日号　講談社／p60

・詩「リンゴ」／『まど・みちお少年詩集　まめつぶうた』
1973年　理論社／p62
・詩「ぼくが　ここに」／『ぼくが　ここに』
1993年　童話屋／p64

本書に掲載した絵はすべて2009年～2010年にかけて描かれたものです。

まどさんのこと（p118～）は、『まど・みちお全詩集』伊藤英治・編
（1992年初版 2001年新訂版 理論社）を参考にしました。（編集部）

まど・みちおの主な著作リスト

（年度は初版／発行は現時点の版元です）

詩集

『てんぷらぴりぴり』１９６８年　大日本図書
『まめつぶうた』１９７３年　理論社
『まど・みちお詩集』全6巻　１９７４～１９７５年　かど創房
『ぞうさん』１９７５年　国土社
『風景詩集』１９７９年　かど創房
『いいけしき』１９８１年　理論社
『しゃっくりうた』１９８５年　理論社
『くまさん』１９８９年　童話屋
工藤直子・編『まど・みちお詩集　せんねんまんねん』１９９０年　童話屋
阪田寛夫・選『まど・みちお童謡集　地球の用事』１９９０年　ＪＵＬＡ出版局
伊藤英治・編『まど・みちお全詩集』１９９２年（２００１年新訂版）　理論社
美智子・選訳『ＴＨＥ ＡＮＩＭＡＬＳ（どうぶつたち）』安野光雅／絵　１９９２年　すえもりブックス
『ぼくが　ここに』１９９３年　童話屋
『まどさんの詩の本』全15巻　１９９４～１９９７年　理論社

『それから…』１９９４年　童話屋
井坂洋子・編解説『まど・みちお詩集』１９９８年　角川春樹事務所（ハルキ文庫）
『ぞうのミミカキ』１９９８年　理論社
『メロンのじかん』１９９９年　理論社
『おなかの大きい小母さん』２０００年　大日本図書
『きょうも天気』２０００年　至光社
『うめぼしリモコン』２００１年　理論社
『でんでんむしのハガキ』２００２年　理論社
『たったった』２００４年　理論社
『ネコとひなたぼっこ』２００５年　理論社
『赤ちゃんとお母さん』２００７年　童話屋
『うふふ詩集』２００８年　理論社
『のぼりくだりの…』２００９年　理論社
『１００歳詩集　逃げの一手』２００９年　小学館
『うちゅうの目』奈良美智　川内倫子　梶井照陰　長野陽一／写真　２０１０年　フォイル

画集
『まど・みちお画集　とおいところ』まど・みちお／絵と詩　２００３年　新潮社

どんな小《ちい》さなものでも
みつめていると
宇宙《うちゅう》につながっている
詩人《しじん》まど・みちお 100歳《さい》の言葉《ことば》

発行　2010年12月20日
6刷　2023年9月10日

著　者　まど・みちお
写　真　木原千佳
装　幀　白石良一　生島もと子（白石デザイン・オフィス）
選・編集　松田素子
発行者　佐藤隆信
発行所　株式会社新潮社
〒162-8711　東京都新宿区矢来町71
電話　編集部　03－3266－5611
読者係　03－3266－5111
http://www.shinchosha.co.jp
印刷所　錦明印刷株式会社
製本所　加藤製本株式会社

ISBN978-4-10-464102-4 C0092